# Perché sei unica e puoi raggiungere qualsiasi obiettivo

## Viola Fanucci

# Sommario

# Introduzione

Ehi, ciao! Sono felice che tu abbia trovato il tempo di leggere questo libro. Sono sicura che sei già curiosa di sapere cosa c'è in serbo per te. Ma prima voglio svelarti un segreto. È un segreto molto importante che può accompagnarti per tutta la vita. Quindi presta molta attenzione e leggi le seguenti righe con la dovuta concentrazione.

Sei consapevole di essere molto speciale? Anche se ci sono milioni di bambini e bambine in questo mondo, di te c'è un'unica e sola versione. Nessuno è esattamente come te. Sei assolutamente unica e dovresti ricordartelo sempre. Soprattutto nelle situazioni difficili della vita, non devi mai dimenticare che sei speciale e importante per questo mondo. Esattamente così come sei.

A volte la vita non è così facile: ci sono molte piccole e grandi sfide nella nostra vita. Ogni ostacolo ha bisogno di autoconsapevolezza, coraggio e fiducia in sé stessi. A volte si può pensare di non farcela. Forse avrai molta paura e dubiterai di te stessa. Ma la verità è che tutti si sentono così di tanto in tanto. Anche gli adulti! Sì, hai capito bene: mamma, papà, nonna, nonno e persino i tuoi insegnanti a volte mancano di coraggio e fiducia. Quindi non abbassare la testa, non arrenderti e non perdere mai la fiducia in te stessa.

Ogni singolo giorno è pieno di sorprese. Ci sono giorni meravigliosi che vorresti non finissero mai. Ma, prima o poi, tutti affrontano anche giornate in cui non tutto va secondo i piani. Accadono cose che ci rendono molto tristi, angosciati o anche arrabbiati. Ma anche questi giorni fanno parte della vita. Non ci può essere una vita senza brutte esperienze. Perché senza il male non ci sarebbe nemmeno il bene.

Nelle storie di questo libro incontrerai bambine meravigliose. Bambine che superano le proprie paure. Bambine coraggiose. Bambine che mostrano forza interiore. Sono certa che anche tu sei in grado di fare tutto questo. Ma devi iniziare a credere in te stessa. Spero che queste storie ti aiutino a farlo. Nelle pagine seguenti, piccoli e grandi sogni diventeranno realtà.

P.S. Dopo ogni storia troverai un mandala con un messaggio speciale. Puoi colorare il mandala. La cosa migliore è usare molti colori brillanti diversi. Questo ti aiuterà a interiorizzare ancora meglio il messaggio.

Ti auguro una buona lettura!

Io sono speciale!

# Maria e lo scoiattolo

La sveglia suonò e strappò Maria fuori da un sogno profondo. La bambina sbadigliò sonoramente e si strofinò gli occhi assonnati. Maria era una bambina solare, con lunghi capelli castani. Aveva compiuto otto anni la settimana precedente ed era in terza elementare. Maria si sgranchì e si stiracchiò nel letto e poi si alzò lentamente. Andò ad affacciarsi alla finestra della sua stanza e scostò delicatamente le tende gialle. Poi aprì la finestra. Erano le sette del mattino e i primi raggi del sole mattutino illuminavano tutta la stanza. L'aria fresca del mattino fluiva verso di lei.

Fece un respiro profondo e guardò fuori dalla finestra i grandi alberi e gli innumerevoli fiori che riempivano il prato del giardino di casa sua. Era davvero una bella mattinata, eppure Maria non si sentiva molto bene. In realtà, lei amava queste calde giornate estive. Normalmente, la bambina non avrebbe

visto l'ora di correre finalmente fuori per scatenarsi in giardino. Ma questa volta avrebbe preferito restare tutto il giorno nella sua cameretta.

Troppi pensieri confusi le attraversavano la testa e aveva molta paura di ciò che l'aspettava quel giorno. Quanto le sarebbe piaciuto dormire tutto il giorno e continuare a sognare! Ma ovviamente questo non era possibile. La mamma sarebbe sicuramente andata a svegliarla a breve per non farle fare tardi a scuola.

Maria gironzolò per un po' inquieta per la sua stanza. Alla fine si decise, si mise il suo vestito blu preferito e rifece il letto, come faceva ogni giorno. Preparò il suo zaino con tutti i quaderni e i libri per affrontare la giornata scolastica. Non dimenticò nemmeno di prendere la sua borsa sportiva, che conteneva pantaloni della tuta, una T-shirt e scarpe da ginnastica. Il venerdì aveva sempre educazione fisica all'ultima ora. Di solito Maria amava quell'ora, ma oggi era tutto completamente diverso. Sapeva esattamente cosa sarebbe successo oggi. La settimana scorsa, l'insegnante della classe di Maria, la signora Venturi, aveva annunciato che nella seguente lezione di educazione fisica si sarebbero arrampicati sulle barre a muro.

Ma Maria aveva un problema: era terrorizzata. Non si era mai arrampicata su nulla in vita sua. Con un nodo in gola, pensò ai suoi compagni di classe. Sicuramente avrebbero riso di lei o addirittura l'avrebbero chiamata codarda. Centinaia di pensieri ronzavano nella sua testa, si sentiva a disagio.

Improvvisamente bussarono alla porta della sua stanza. Era la mamma di Maria, che voleva sapere se fosse già sveglia.

«Sto arrivando, mamma!»

urlò Maria.

La mamma aprì la porta e disse:

«Buongiorno, tesoro. Spero che tu abbia dormito bene. Ho preparato la colazione. Devi fare un po' più in fretta. Si sta facendo tardi e la scuola inizierà tra poco!».

«Sarò pronta tra un minuto. Solo un momento!» rispose Maria. Si mise lo zaino sulla schiena e afferrò la borsa sportiva con la mano destra.

Proprio mentre stava per chiudere la finestra della sua stanza, sentì un forte fruscio dall'esterno. Incuriosita, guardò di nuovo fuori per scoprire da dove fosse venuto il rumore. Fu allora che lo vide! Un piccolo scoiattolo bruno-rossiccio si stava arrampicando agilmente su un grande albero in giardino. In pochissimo tempo aveva raggiunto la cima dell'albero.

«Oh, se solo potessi arrampicarmi bene come te, mio piccolo scoiattolo. Allora le barre sarebbero un gioco da ragazzi per me e non dovrei più avere paura...» disse Maria tra sé e sé con un lieve sospiro. A malincuore, chiuse la finestra e si diresse verso la cucina.

Lì la mamma aveva già preparato la colazione. C'erano panini freschi con una deliziosa marmellata di fragole e della cioccolata calda da bere. Il papà era già seduto al tavolo e beveva con gusto il suo caffè mentre leggeva il giornale.

Maria non aveva molta fame perché era davvero preoccupata. Ma la mamma diceva sempre che era importante non uscire di casa la mattina senza la colazione. Così, con la tristezza nel cuore, Maria seguì anche oggi il consiglio e mangiò un piccolo panino con la marmellata. Dopotutto, non voleva avere fame durante la lezione.
«Cosa c'è in programma a scuola oggi?» chiese il papà con interesse.
Maria ingoiò rapidamente l'ultimo boccone e rispose:
«Prima ho matematica, poi italiano e all'ultima ora ginnastica!».

Per un momento, Maria accarezzò l'idea di dire ai suoi genitori della sua paura delle barre a muro. Ma poi decise diversamente. In qualche modo non voleva parlarne ora con mamma e papà, anche se di solito parlava di tutto con loro. Dopo la colazione corse in bagno, si lavò accuratamente i denti e si pettinò i lunghi capelli con la spazzola. Poi salutò i suoi genitori, che le diedero un bacio sulla fronte e le augurarono una buona giornata a scuola.

A questo punto Maria si diresse verso l'autobus. La fermata dell'autobus era a pochi minuti a piedi da casa sua.

Improvvisamente Maria sentì di nuovo un fruscio. Vide nuovamente il piccolo scoiattolo di prima. Aveva una noce tra le zampe ed era a pochi metri da Maria. Anche

lo scoiattolo si accorse della ragazza. Si
alzò sulle zampe posteriori
e guardò profondamente
Maria negli occhi.
«Non stai cercando
di portarmi via la
noce, vero?»
chiese lo scoiattolo in
modo sfacciato.
Maria stava di fronte al
simpatico animale con la bocca aperta e gli
occhi spalancati e non riusciva a credere a
quello che stava succedendo. Lo scoiattolo
le aveva davvero appena parlato o stava solo
sognando?
«Tu... tu... puoi parlare?»
balbettò Maria, ancora piuttosto incredula.
«Sì, certo che posso. Ma raramente parlo con
la gente. Però oggi farò un'eccezione per te,
cara Maria, perché mi piaci!»

rispose lo scoiattolo.

«Come... come... come fai a sapere il mio nome?»
chiese Maria, completamente presa alla sprovvista.

«Beh, siamo vicini di casa! È da un po' di tempo che vivo su quella betulla laggiù nel tuo giardino. Da lì a volte ti guardo mentre giochi con i tuoi amici o mentre parli con i tuoi genitori. È così che ho saputo il tuo nome. Oh sì, a proposito, mi chiamo Federico. Ma puoi chiamarmi semplicemente Fede. Ma, dimmi, voi bambini non dovete andare a scuola la mattina? Penso che tu debba andare via tra poco!»
borbottò lo scoiattolo.

«Ciao, Fede. Piacere di conoscerti!»
rispose Maria allegramente con un sorriso sulle labbra. Poi continuò con una voce più seria:

«Beh, in realtà non voglio andare a scuola oggi. Dovrei arrampicarmi sulle barre a muro nell'ora di ginnastica e ne sono terrorizzata».

«Ma non devi avere paura. Fai un respiro profondo e non guardare in basso durante l'arrampicata. Vedrai che non è così difficile!» disse Fede, annuendo con la sua testolina per incoraggiare Maria.

«Beh, è facile per te parlare. Dopotutto, sei uno scoiattolo e sei bravissimo ad arrampicarti. Ma io non ci riesco!» disse Maria con un sospiro di disperazione. Fede ora era dispiaciuto per la ragazzina. Si grattò la testa con la zampa destra e pensò intensamente a come avrebbe potuto aiutare Maria. Poi cominciò a parlare: «Sì, hai assolutamente ragione. Oggi riesco ad arrampicarmi molto bene. Ma devi sapere che non è stato così fin dall'inizio. Ricordo quando ero ancora un cucciolo di scoiattolo. La prima volta che ho dovuto arrampicarmi su un albero alto da solo avevo una paura almeno pari a quella che hai tu adesso. In tutta onestà, va bene avere paura e avere apprensione per le cose nuove all'inizio.

Ma questo non dovrebbe impedirci di raggiungere le stelle e di realizzare i nostri sogni. Se vuoi davvero scalare quelle barre a muro, devi credere in te stessa. Io, per esempio, credo in te. Puoi farcela!».

Maria ascoltò attentamente Fede e improvvisamente la giovane ragazza trovò un rinnovato e irrefrenabile coraggio. Fede aveva assolutamente ragione. Avrebbe potuto farcela se avesse creduto in sé stessa. Le sarebbe piaciuto chiacchierare ancora un po' con lui, ma ora doveva davvero sbrigarsi per non fare tardi a scuola.

«Grazie per il tuo aiuto, Fede. Mi ricorderò certamente di quello che hai detto.

Mi hai davvero aiutata molto. Spero di rivederti presto.»

In fretta, salutò Fede. Ma lui era già balzato di nuovo su un tronco d'albero, lanciò un breve sguardo a Maria e poi scomparve tra i fitti rami.

Con un rinnovato coraggio per affrontare la vita, Maria salì sull'autobus e andò a scuola. Decise che avrebbe affrontato le sue paure.

Driiin-driiin!
Suonò la campanella della
scuola. Ormai era arrivato il
momento. Maria riusciva però
a malapena a concentrarsi
sulle sue lezioni. Non riusciva
a smettere di pensare a Fede
e alle sue parole. Alla fine
arrivarono le 11 e iniziò la
lezione di educazione fisica.
Insieme alla loro maestra, la
signora Venturi, i bambini
andarono in palestra, che

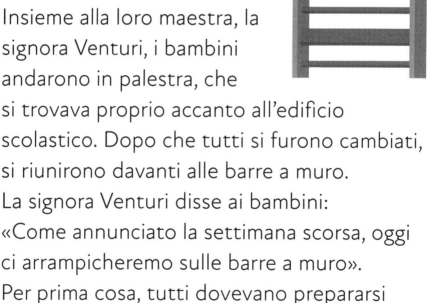

si trovava proprio accanto all'edificio
scolastico. Dopo che tutti si furono cambiati,
si riunirono davanti alle barre a muro.
La signora Venturi disse ai bambini:
«Come annunciato la settimana scorsa, oggi
ci arrampicheremo sulle barre a muro».
Per prima cosa, tutti dovevano prepararsi

con alcuni esercizi di riscaldamento e poi allinearsi uno dietro l'altro. Uno dopo l'altro salirono quindi sui pioli. Alcuni rapidamente e abilmente, altri lentamente e con molta prudenza. Il cuore di Maria cominciò a battere sempre più velocemente per la paura. Guardava incantata i molti pioli che avrebbe dovuto affrontare. Soffici tappetini blu erano stati disposti sul pavimento proprio lì davanti, in modo che nessuno potesse farsi male.

Questo calmò un po' Maria, che però era ancora molto nervosa. Le barre a muro non erano particolarmente alte, ma per Maria apparivano come la montagna più alta della terra in quel momento. Si mise in piedi in fondo alla fila per poter guardare prima gli altri bambini. Maria si rese conto che anche molti altri bambini erano impauriti.

Ora toccava a lei. Improvvisamente, il suo cuore ricominciò a battere forte, ma non c'era modo di arrendersi ora. Doveva almeno provare a fare del suo meglio. Pensò di nuovo alle parole di Fede e poi si diresse con decisione verso le barre a muro. Maria chiuse gli occhi per un momento e fece un altro respiro profondo. Poi iniziò la scalata. I primi pioli risultavano difficili e i suoi piedi tremavano un po'. Ma a ogni passo e a ogni presa, sembrava diventare tutto sempre più facile.
Un altro passo e un altro ancora.

Quanta strada aveva già fatto? A questo punto si era incuriosita e cercò di dare un'occhiata. Ma poi si ricordò di quello che Fede le aveva detto di fare. Non doveva guardare in basso! Si fermò per un momento e raccolse di nuovo le forze. Un altro passo e avrebbe raggiunto la cima. Dopo una breve pausa, la bambina scese con cautela fino a quando i suoi piedi non toccarono di nuovo il suolo. Finito! Ce l'aveva fatta! Evviva! Quello che le era sembrato impossibile quella mattina e che le aveva causato tanta paura ora l'aveva superato. Una sensazione di gioia crebbe dentro di lei. Il suo viso brillava come il sole.

«Il modo in cui ti sei arrampicata è stato fantastico, Maria. Abile quasi come uno scoiattolo!»
La signora Venturi lodò la ragazza e le fece l'occhiolino come se sapesse del suo maestro.

L'ora di educazione fisica finì e Maria si diresse verso casa con Eva. Le sarebbe piaciuto raccontare a Eva la storia del suo nuovo piccolo amico, ma doveva rimanere il suo segreto speciale. Maria si sentiva ancora

come in un sogno. Ci volle un po' di tempo
prima che capisse davvero cosa era successo.

Saltellò per tutto il resto della strada verso
casa, da una gamba all'altra, ripensando
continuamente a come aveva scalato le
barre a muro e alla sensazione di libertà che
aveva provato. Era felicissima. Una volta a
casa, Maria non vedeva l'ora di raccontarlo
finalmente a Fede. Doveva essere il primo
a saperlo. Così corse in giardino e si fermò
proprio sotto la betulla.

«Fede, dove sei?»
chiamò la ragazzina, guardandosi intorno in
tutte le direzioni. Continuò a chiamare più
forte che poteva, non le importava
che qualcuno la sentisse.
Doveva proprio dirglielo.

Improvvisamente Fede arrivò di corsa. La sua folta coda scodinzolava avanti e indietro ed era ora in piedi davanti a lei, guardandola con aria interrogativa.

«Fede, eccoti finalmente! Non ci crederai! Mi sono arrampicata fino in cima. Non avrei mai potuto farlo senza i tuoi consigli. Grazie per il tuo aiuto!»
disse Maria, raggiante di gioia. Le sarebbe piaciuto prendere in braccio il simpatico animaletto.

Fede si sollevò un po' verso di lei e rispose:
«Di nulla. Tuttavia, devi ringraziare solo te stessa per questo. Dopotutto, sei tu che ti sei arrampicata, non io. Ti ho solo dato un consiglio. Ero sicuro che ce l'avresti fatta. E sono anche abbastanza sicuro che otterrai molto di più nella tua vita se solo

crederai in te stessa. Ma ora devo continuare a raccogliere noci e semi per l'inverno. Arrivederci e a presto».

Maria avrebbe voluto parlare di più con Fede, ma, prima che se ne rendesse conto, Fede si era arrampicato con agilità su un altro albero ed era scomparso senza lasciare traccia dietro i rami e le foglie.

Maria ora aveva bisogno di un momento per comprendere davvero le parole del suo nuovo amico. Si sentiva ancora come se fosse in un bel sogno. Fede aveva ragione. Si era arrampicata da sola e l'aveva fatto perché aveva vinto i suoi timori. Ma Fede le era stato comunque di grande aiuto e per questo gli sarebbe stata eternamente grata. Con un sorriso, Maria guardò ancora una volta l'albero, forse per intravedere Fede. Ma Fede era già saltato su un altro albero ed era occupato a cercare provviste per l'inverno.

Oggi, Maria aveva imparato che poteva fare molto di più di quello che immaginava all'inizio. Così tante cose sarebbero state possibili se solo avesse creduto in sé stessa. Chissà, magari un giorno sarebbe anche diventata un'alpinista e avrebbe scalato le montagne più alte del mondo.

Qualunque strada avesse preso la sua vita in futuro, non avrebbe mai dimenticato quel giorno.

Grazie Fede!

Sono fiera di me stessa!

Bleah! Questa storia parla di una prova di coraggio del genere.

Valentina aveva dieci anni e frequentava la quarta elementare. Era una bambina particolarmente allegra. Si era fatta due ottime amiche a scuola. Si chiamavano Carla e Laura ed erano nella sua stessa classe. Alle tre bambine piaceva incontrarsi dopo la scuola e passavano molto tempo insieme. Facevano i compiti insieme, giocavano a carte e si divertivano in qualsiasi modo.

Oggi, ancora una volta, si ritrovarono a casa di Valentina. Dopo aver giocato a Shangai per un'ora, decisero di uscire. Era un mite pomeriggio di agosto e la temperatura era gradevole. Solo alcune piccole nuvole oscuravano di tanto in tanto il sole luminoso e gli uccelli cinguettavano allegramente sugli alberi.

Valentina viveva con i suoi genitori un po' fuori città, in una zona rurale con molti alberi, cespugli e prati pieni di fiori. Di tanto in tanto, c'erano anche pecore e mucche che pascolavano nei prati. Da qualche settimana, le tre bambine facevano delle prove di coraggio ogni volta che erano da sole nella natura. Carla e Laura avevano avuto l'idea di fare una volta ogni tanto qualcosa di folle. A Valentina, invece, la maggior parte delle sfide non piaceva affatto.

Ma non osava dire alle sue amiche quello che pensava. Dopotutto, non voleva essere chiamata codarda da Carla e Laura o sembrare una guastafeste. È per questo che Valentina finora aveva preso comunque parte a tutte le sfide, anche se molte di queste non le trovava né giuste né divertenti.

Mentre le bambine passavano davanti a un alto albero di noce, Carla ebbe un'altra idea per una nuova prova di coraggio.

Piena di entusiasmo, Carla disse a Valentina
e a Laura:

«Ho appena pensato a una prova di coraggio.
Vedete quel grande albero laggiù? Chi di voi
ha il coraggio salire fin lassù?».

Valentina deglutì. Si accigliò pensierosa.
Arrampicarsi su un albero così alto non era
qualcosa che la faceva sentire a suo agio.

Raccolse quindi tutto il suo coraggio e decise
di dire la sua:

«Beh, non credo che sia una buona idea.
Se si cade da così in alto, ci si può rompere
tutte le ossa! Non esiste che io salga lassù
e spero che non lo facciate neanche voi!
Arrampicarsi su un albero così alto è troppo
pericoloso!».

Per la prima volta, Valentina disse
apertamente ciò che pensava veramente.

«Hai per caso paura?»
chiese Carla con un sorriso malizioso.
«Parli come una fifona! Valentina è una fifona!»
gridò Laura a gran voce.

Per Valentina, non era per niente bello che
Carla e Laura si prendessero gioco di lei. Ma
rimase comunque fedele alla sua decisione
di non salire sull'albero. Era davvero troppo
pericoloso secondo lei.
A questo punto Carla si avvicinò all'albero e
disse con sicurezza:
«Va bene. Allora mostrerò alla fifona che
non è così terribile salire su quest'albero.
Ora guardatemi attentamente!».

Poi Carla cominciò a salire. Ramo dopo ramo,
si spinse sempre più in alto. Ad ogni passo
che faceva, i rami sottili scricchiolavano
e si spezzavano cadendo a terra in

continuazione. Quando arrivò a metà strada,
si arrampicò su un ramo più spesso per fare
una breve pausa.
Da lì guardò Valentina e Laura.
«Guardate quanto sono già in alto!
Ve l'avevo detto che non c'è niente di cui
aver paura. È facilissimo!»
esultò Carla.

Ma poi improvvisamente accadde... Carla era
così felice che si distrasse per un momento
e perse l'equilibrio. Con tutte le sue forze
cercò di aggrapparsi a un ramo, ma era
troppo tardi. Cadde dall'albero e atterrò sul
prato con un suono sordo.

«Ahi!» gemette Carla per il dolore.

Era caduta direttamente sulla coscia destra.
Immediatamente Valentina e Laura corsero

da lei per aiutarla.
«Stai bene?
Ti fa male?»
chiese Valentina
preoccupata.

«Credo di essermi
rotta una gamba.
Mi gira anche la testa.
Ho bisogno di un medico. Aiutatemi,
vi prego!»
singhiozzò Carla con le lacrime agli occhi.
Valentina non esitò un attimo e corse a casa
più veloce che poteva. Lì, completamente
sconvolta, raccontò a sua madre quello che
era successo a Carla.

La madre di Valentina chiamò il 118 per
richiedere un'ambulanza. Poi Valentina
tornò di corsa sul luogo dell'incidente per

aspettare l'ambulanza con Carla e Laura.

Circa dieci minuti dopo, arrivò il medico del pronto soccorso. Indossava un camice bianco e aveva con sé una valigetta da dottore per poter esaminare Carla attentamente.
Le esaminò cautamente la gamba e poi disse: «Penso che sarebbe meglio fare una radiografia della gamba in ospedale».

Usando un sacchetto di plastica blu ghiacciato, raffreddò la gamba ferita di Carla per ridurre il gonfiore. Carla venne poi sistemata in barella sull'ambulanza e portata all'ospedale. Laura e Valentina l'accompagnarono per offrirle il loro sostegno in questa difficile situazione.

Mentre le tre bambine aspettavano la radiografia, Carla disse a Valentina:

«Avevi ragione. Era davvero un'idea stupida quella prova di coraggio. Avrei dovuto ascoltarti, ma invece ho riso di te. Mi dispiace tanto! Grazie per aver chiamato un medico per me così rapidamente. Sei davvero una splendida amica!».

Anche Laura si scusò con Valentina:
«Anche a me dispiace di averti dato della fifona prima.
È stato davvero crudele e ingiusto da parte

mia. Mi dispiace».

«È tutto a posto. Tutti facciamo degli errori a volte. Inoltre, dopotutto siamo delle vere amiche! Le vostre scuse sono accettate!» rispose Valentina con un sorriso sul volto.

A quel punto ritornò il dottore. Aveva in mano una grande radiografia che mostrava la gamba di Carla.

«Sei stata davvero fortunata, Carla. Hai un brutto livido, ma la tua gamba non è rotta! Devi tenere la gamba a riposo per un po' e applicare una pomata speciale. In due o tre settimane tutto sarà di nuovo a posto.

Basta che tu non faccia più cose pericolose come questa»

ammonì il medico.

Immediatamente le tre bambine tirarono un sospiro di sollievo. Grazie a Dio non era

successo niente di più grave a Carla.
Valentina era contenta di aver ascoltato il
suo cuore. Avere coraggio significa osare fare
qualcosa. Ma è importante anche la sicurezza
e valutare se qualcosa potrebbe essere
troppo pericoloso. Non c'è sempre bisogno

di fare la supereroina per mostrare coraggio.
Si dimostra coraggio anche dicendo "no"
quando non si vuole fare qualcosa.

A volte si dimostra anche più coraggio
dicendo "no" che affrontando una prova
di coraggio.

Valentina lo aveva dimostrato oggi.

# Sono sicura di me!

# Il dettato

Anna era tesa mentre sedeva al suo posto.
Continuava a guardare la porta. Ben presto
il signor Ferrari sarebbe entrato in classe
e avrebbe iniziato la lezione di italiano.
Nervosamente, Anna disegnò un girasole
sul suo album da disegno. Iniziava sempre
a disegnare quando era agitata. In questo
modo poteva liberare la sua mente e
perlomeno distrarsi un po'. Ma oggi, chissà
perché, non funzionava granché.
La tensione era troppo alta.

Accanto ad Anna sedeva la sua amica Elisa.
Le due si erano conosciute all'asilo e da
allora erano diventate buone amiche. Ora
frequentavano la stessa classe ed erano
compagne di banco.

Anna disse a Elisa:
«Oggi ci viene consegnato il dettato della
settimana scorsa. Non ho affatto una buona
sensazione per il mio voto.
Sicuramente ho fatto molti errori. Il dettato
era piuttosto difficile».

A differenza di Anna, Elisa non sembrava
affatto agitata. Questo probabilmente
perché Elisa prendeva sempre 10 in italiano
e probabilmente si aspettava un ottimo voto
anche per questo dettato.
Elisa guardò Anna con stupore e disse:
«Beh, per me il dettato era abbastanza facile!».

Questo era esattamente quello che
Anna non voleva sentire. Al contrario!
Naturalmente sarebbe stata felice per la sua
amica se avesse preso di nuovo 10. Ma, nel
profondo, Anna avrebbe preferito che Elisa
avesse detto che anche per lei il dettato non
era stato affatto facile.

Con dei lunghi passi, l'insegnante, il signor
Ferrari, entrò in classe. Posò la sua grande
valigetta marrone sulla scrivania.
Poi, di buon umore, si rivolse agli alunni:
«Buongiorno a tutti! Ho finalmente corretto
il dettato della settimana scorsa. Sono sicuro
che siete tutti ansiosi di vedere che voti
avete preso».

Un forte brusio si diffuse nella classe.
A quanto pare Anna non era l'unica che
avrebbe preferito non sapere mai come fosse

stato valutato il suo dettato. Alcuni studenti cominciarono a bisbigliare freneticamente tra di loro. Altri fissavano in silenzio il pavimento, giocavano con i loro astucci o addirittura si mangiavano le unghie per la tensione.

Il signor Ferrari tirò fuori dalla valigetta una pila di fogli e prese di nuovo la parola per comunicare i voti alla classe.
Come per incanto, tutta l'attenzione era ora sulle sue parole.
«C'è solo un 10, quattro hanno preso 8, e ci sono otto 7. Ci sono due 6 e anche, purtroppo, un 5.»

Anna aveva il cuore in gola. Sentì male allo stomaco al pensiero che potesse essere lei ad aver preso il 5 e il suo viso divenne bianco come un lenzuolo. Sicuramente non voleva essere lei ad aver preso l'unico 5, ma temeva il peggio.

Il signor Ferrari cominciò a girare tra i banchi e a riconsegnare personalmente il dettato a ogni allievo. Anna ed Elisa sedevano insieme a un banco in terza fila. Il signor Ferrari ci mise un po' a raggiungere il loro banco. Ad Anna sembrò quasi un'eternità e divenne sempre più nervosa.

Il signor Ferrari consegnò il dettato prima a Elisa. Stringeva tra le mani il dettato di Elisa, guardò il voto e poi disse con un sorriso sulle labbra:
«Molto bene, Elisa! Hai fatto il lavoro migliore. Non c'è un solo errore! Continua così!».
Poi, in modo quasi solenne, posò il dettato sul banco di fronte a Elisa. Ancora una volta aveva preso 10.

«Evviva!»
gridò Elisa con gioia e fece un sorriso a 32 denti. Anche il signor Ferrari era visibilmente di buon umore e felice per la sua alunna modello.

Il signor Ferrari cominciò poi a cercare il dettato di Anna nella pila di fogli. Quando lo trovò, il suo sguardo tornò a essere più serio. Il signor Ferrari mise il dettato sul banco davanti ad Anna e si chinò verso di lei.
«Mi sarei aspettato una prova migliore da te. Cosa è successo?»
Il signor Ferrari sussurrò all'orecchio di Anna in modo che gli altri alunni non potessero sentirlo. Anna guardò il 5 in rosso sul suo dettato e deglutì.
«Io... io... non so esattamente cosa sia successo...»
ribatté Anna sottovoce.

«Beh, allora devi aver avuto una brutta giornata.
Può succedere a chiunque! Sono sicuro che il
tuo prossimo dettato sarà migliore»
disse a bassa voce il signor Ferrari.
Poi si sollevò di nuovo e si diresse verso
l'allievo successivo.

Anna guardava il suo dettato come se fosse pietrificata. Quasi ogni frase aveva un errore e il signor Ferrari le aveva segnate tutte in rosso. Anna avrebbe voluto piangere lì per lì. Ma non voleva farlo davanti agli altri bambini. Così trattenne le lacrime e cercò di non far trasparire nulla. Non si era mai sentita così triste in tutta la sua vita.

Per fortuna, la lezione finì rapidamente. Anna non vedeva l'ora di essere finalmente sola nella sua stanza. Sulla strada di casa, Anna pensò a cosa avrebbe dovuto dire ai suoi genitori. Si vergognava di aver preso il voto peggiore. Ecco perché avrebbe preferito non dire nulla sul dettato. Ma si rese subito conto che neanche quella sarebbe stata una soluzione. Dopotutto, mamma e papà l'avrebbero comunque scoperto prima o poi. Magari all'incontro genitori-insegnanti

di venerdì, o al più tardi quando avrebbe
ricevuto la pagella dell'anno scolastico.

Anna arrivò a casa sconsolata. Il papà
sarebbe stato al lavoro fino alle 14, ma la
mamma era già a casa e aveva cucinato il
pranzo per la famiglia.
«Ciao, Anna! Sono felice che tu sia qui.
Ho cucinato spaghetti al pomodoro.
Ci sarà il tiramisù come dolce. Mangiamo
subito mentre è ancora caldo! Papà farà un
po' tardi dal lavoro oggi!»
disse la mamma con affetto e diede ad Anna
un bacio sulla fronte per salutarla.

Anche se Anna aveva poco appetito a causa
del suo brutto voto, si sedette a tavola con
sua mamma. Non ci volle molto perché la
mamma notasse quanto fosse triste Anna.
Conosceva fin troppo bene sua figlia e

sapeva che qualcosa non andava.
«Cosa c'è, tesoro?
Perché sei così silenziosa oggi?»
chiese lei.
Anna scrollò le spalle e rimase in silenzio.

«Sai che puoi dirmi tutto
quello che ti passa per
la testa. Sono tua
madre, dopotutto!
È successo qualcosa di
brutto a scuola?»
chiese la mamma,
accarezzando
amorevolmente la guancia
di Anna.
Anna finalmente riuscì a
riprendersi e rispose con le
lacrime agli occhi:
«Sì, ho preso un 5 nel dettato!

Non so nemmeno io come possa essere successo. Ho studiato abbastanza, ma era troppo difficile per me».
Le lacrime cominciarono a scendere sulle guance di Anna. La mamma la strinse forte tra le braccia per confortarla.

Dopo che Anna si era calmata un po', la mamma cominciò a dirle:
«Anche se probabilmente ora la vedi in modo diverso, non credo che un brutto voto sia la fine del mondo. E non c'è niente di cui vergognarsi. Hai fatto del tuo meglio e questo è ciò che conta davvero. Una volta anche io ho preso un 5 a scuola ed ero molto triste. Ma anche i fallimenti fanno parte della vita. Non sempre tutto può andare alla perfezione, anche se è ciò che vorremmo. Avrai sicuramente altre occasioni per ottenere un voto migliore.

Non è così grave, tesoro mio!».
«Sì, è molto grave!»
ribatté Anna, completamente sconvolta.
«Bisogna andare bene a scuola in modo
da poter trovare un buon lavoro in futuro.
Inoltre, mi dà fastidio che Elisa prenda
sempre 10. È sempre più brava di me! Perché
non posso essere intelligente come lei?»

La mamma rispose con un tono dolce:
«Un voto non dice nulla di quello che puoi
ottenere nella tua vita. Se hai un sogno, la
cosa più importante è che tu creda in te
stessa. Ti amerò sempre, indipendentemente
dal voto che prenderai. Perché sei una
bambina meravigliosa e nessun voto al
mondo può cambiare questo. Perché i voti
non determinano il valore di una persona!».

Ci volle un po' di tempo perché Anna capisse davvero quello che la mamma le aveva appena detto. Poi si asciugò le lacrime dal viso, fece un respiro profondo e infine disse: «Anch'io ti voglio bene, mamma».
Anna era felice di avere una mamma così eccezionale. Si sentiva sollevata perché alla mamma non importava affatto che non fosse stata brava nel dettato.

Nel pomeriggio, il papà tornò finalmente a casa dal lavoro. Raccontò che anche lui prendeva spesso dei brutti voti a scuola e che non era stato il migliore degli studenti. Ma aveva proseguito comunque per la sua strada e oggi aveva un lavoro che lo rendeva felice.

Mamma e papà erano orgogliosi che Anna fosse stata così coraggiosa e aperta con loro riguardo alle sue paure. D'ora in poi, Anna

promise a sé stessa di non essere mai più
così triste per un brutto voto. Dopotutto,
c'erano cose molto più importanti nella vita.

Come aveva detto chiaramente la
mamma a pranzo:
un voto non determina il valore di una persona.

Io sono amata!

# La sfida

Driiin!

La sveglia suonò puntualmente alle 6:30 e Lucia era ancora mezza addormentata nel suo letto. Avrebbe preferito dormire un po' di più, perché sentiva la pioggia che batteva sulle finestre. Era stato nuvoloso e piovoso tutto il fine settimana. Anche questa mattina le nuvole erano basse e un vento impetuoso soffiava tra le cime degli alberi e tra i cespugli.

In realtà, a Lucia non dispiaceva molto la pioggia. Andava a passeggiare con il suo cane Benny ogni giorno, indipendentemente dal tempo. Mentre il suo amico a quattro zampe annusava il sentiero con interesse, a lei piaceva guardare le gocce di pioggia che danzavano nelle pozzanghere. Ma oggi avrebbe preferito mettersi il cuscino sopra la testa e continuare a sognare.
Ma siccome oggi era lunedì e la scuola ricominciava dopo le vacanze, non poteva più rimandare.

Da qualche tempo aveva iniziato ad aiutare sua mamma a preparare la colazione per tutta la famiglia. Lucia era la più grande e aveva due fratelli minori.
Quel giorno il papà era dovuto andare al lavoro molto presto, così i quattro avrebbero fatto colazione senza di lui.

Lucia si vestì rapidamente e corse in cucina.
La mamma stava già preparando i piatti e
Lucia era incaricata di preparare i cereali.
Dopo un rapido "buongiorno" e un bacio
sulla guancia, iniziò immediatamente a
tagliare la frutta, che poi aggiunse ai cereali
e al latte.

«Allora, Lucia, ti senti pronta per questo
nuovo modo di andare a scuola?»
chiese la mamma, con un leggero sorriso.
«D'ora in poi, come molti altri bambini, andrai
a scuola da sola in treno»
continuò la mamma.

Lucia aveva nove anni e frequentava la quarta elementare. I suoi genitori avevano deciso durante le vacanze che era ormai abbastanza grande per viaggiare da sola in treno fino alla città vicina dove si trovava la sua scuola.

Fino ad ora, era la mamma, o di tanto in tanto il papà, ad accompagnarla ogni giorno a scuola. Ma le cose stavano per cambiare. Per la mamma era spesso particolarmente stressante la mattina, perché doveva occuparsi anche dei suoi fratellini Anna e Filippo.

I suoi genitori avevano quindi preparato a dovere Lucia per questa nuova sfida. Certo, aveva viaggiato in treno molte volte prima. Ma mai da sola. Così mamma e papà le avevano mostrato diverse volte a cosa doveva prestare attenzione quando viaggiava in treno. Dove comprare il biglietto, su quale binario era il treno giusto, il fatto di dover mostrare il biglietto al controllore e dove doveva scendere.

In realtà, era un filino orgogliosa del fatto che ora le fosse permesso viaggiare da sola, anche se Lucia era una ragazza piuttosto riservata e timida. Aveva molti amici ma, nonostante ciò, a volte trovava difficile avvicinarsi agli estranei. Quando Lucia conosceva un'altra bambina, diventava aperta e spontanea e in breve tempo diventavano amiche. Ma avvicinarsi a qualcuno che non conosceva affatto? Non era facile per Lucia e questo la rendeva insicura.

Lucia avrebbe tanto voluto che anche Giulia e Susanna prendessero il treno con lei. Erano le sue migliori amiche. Ma Giulia viveva

proprio accanto alla scuola e quindi poteva
andare a piedi. Susanna, invece, viveva in un
paesino vicino e prendeva sempre l'autobus.
Così Lucia sarebbe stata tutta sola sul treno,
insieme a molte persone che non conosceva.
Questo la spaventava un po'.

«Oh, mamma, ti prego, puoi accompagnarmi
a scuola un'ultima volta oggi? Per favore!
Sta piovendo!»
implorò Lucia durante la colazione, e guardò
la sua mamma piagnucolando.
«No, mia cara, ne abbiamo già discusso ieri.
Inoltre, ho già comprato il biglietto per te!
Dai, Lucia, puoi farcela! Sono sicura che
puoi farcela»
rispose la mamma con convinzione.

Lucia fece un grande sospiro e si rese
conto che non avrebbe avuto molto senso

continuare a discutere di questo argomento
con sua mamma. Si rese conto che a un certo
punto sarebbe dovuta andare a scuola da
sola. E oggi sarebbe stato quel momento.
Inoltre, ormai era abbastanza grande!

Dopo la colazione, Lucia salutò la mamma
e i suoi fratelli minori. Un po' a disagio, ma
anche con una certa disinvoltura, si mise in
cammino.

Lucia camminò fino alla stazione, che si
trovava vicino a casa sua. Per fortuna aveva
smesso di piovere. In silenzio pensò tra
sé e sé che sapeva davvero tutto ciò a cui
prestare attenzione. Un po' più di coraggio
emerse in lei e i suoi passi divennero più
decisi e più veloci. Per arrivare alla stazione,
doveva attraversare una strada trafficata. Un
attraversamento pedonale e un semaforo le

facilitarono il cammino. Prima di attraversare la strada, però, Lucia guardò attentamente a destra e a sinistra per verificare che non ci fosse davvero nessuna macchina in arrivo. L'aveva imparato dai suoi genitori.

"Meglio prevenire che curare" diceva sua nonna. Così, per essere assolutamente sicura, guardò a destra e a sinistra un'altra volta e controllò se il semaforo fosse effettivamente

verde. Tutto era a posto! Attraversò con passo svelto il passaggio pedonale e poco dopo raggiunse la stazione.

La stazione sembrava improvvisamente molto più grande e imponente del solito. Tantissime persone si aggiravano davanti ai binari. I treni in arrivo e in partenza sovrastavano con il loro rumore molte conversazioni. Donne, uomini, bambini, quanti erano! La maggior parte di loro probabilmente doveva andare al lavoro, alcuni dovevano andare a fare shopping o a fare qualcosa di importante. I molti bambini avevano certamente la scuola allo stesso orario. Impressionata dal trambusto, cercò la piattaforma con il numero quattro. Da lì, il suo treno doveva partire alle 7:38 del mattino. In perfetto orario, il treno arrivò avanzando lentamente e si fermò con un forte sibilo.

Lucia si mise in fila dietro a un gruppo di passeggeri del treno. Un signore anziano aprì la porta premendo un pulsante. Lucia salì con prudenza le scale e si mise a cercare un buon posto a sedere.

I corridoi erano stretti e affollati. Alcuni si fermavano a chiacchierare animatamente. Altri leggevano il giornale o guardavano il loro cellulare. Quasi tutti i posti erano già occupati. Lucia lasciò che i suoi occhi vagassero sulle molte file di posti a sedere. Dove avrebbe potuto sedersi? Non voleva passare tutto il viaggio in piedi. Attraversò lentamente la carrozza e si rese conto che avrebbe dovuto chiedere a qualcuno se poteva sedersi.

Arrivata quasi in fondo, Lucia vide una bambina seduta da sola. Aveva lo zaino sulle ginocchia e fissava fuori dal finestrino con un'espressione assente. Lucia esitò, ma poi decise di chiedere alla bambina se poteva sedersi lì. Magari frequentava la stessa scuola elementare di Lucia e sarebbe stata felice di conoscerla. Domandare gentilmente non costava nulla! Lucia aveva ricevuto questo consiglio da sua nonna.

«Ciao! Il posto accanto a te è ancora libero?» chiese Lucia con un leggero sorriso sulle labbra.

«Ciao, sì il posto è ancora libero! Puoi sederti
accanto a me!»
rispose la bambina, visibilmente contenta.
Lucia si tolse lo zaino dalle spalle e si
sedette velocemente perché altre persone
spingevano lungo i corridoi dietro di lei.
Poi si rivolse alla bambina e disse:
«A proposito, mi chiamo Lucia!».

«E io sono Antonella»
rispose la bambina.
Le due si scambiarono un breve sorriso e
cominciarono a parlare di ogni genere di cose.
Ci fu subito intesa tra di loro e notarono che
avevano tante cose in comune. Andavano
inoltre nella stessa scuola, solo che Antonella
era già in quinta elementare. Avevano anche
gli stessi hobby, come dipingere e ballare.

Le due bambine chiacchieravano così

appassionatamente che quasi dimenticarono
che dovevano scendere. Insieme si avviarono
per l'ultimo tratto del tragitto verso la scuola.

Lucia era felicissima di aver trovato una
nuova amica. Avevano persino concordato
di sedersi di nuovo accanto sul treno
l'indomani.
Per Lucia, quel lunedì fu un'esperienza
meravigliosa. La prima cosa che aveva capito

era che poteva andare a scuola in modo del tutto indipendente. Quante preoccupazioni e paure l'avevano tormentata prima di quella mattina. Era riuscita a cavarsela in un ambiente estraneo. E per di più, aveva raggiunto l'obiettivo di avvicinarsi a qualcuno e di stabilire un contatto. Aveva imparato che nella vita bisogna essere aperti a nuove sfide.

Aveva superato la sua timidezza e questo la rendeva molto orgogliosa.

Che giorno speciale e straordinario era stato!

Sono forte e coraggiosa!

# L'elefante con le ghette

*L'elefante, l'elefante con le ghette*
*Se le leva, se le leva e se le mette*
*Se le mette e se le leva*
*Per potersi divertir*

*La balena, la balena poverina*
*Sa che l'acqua, sa che l'acqua le fa male*

Ma quando arriva il temporale
Si nasconde in fondo al mare

Tre topini, tre topini in bicicletta
Fanno a gara, fanno a gara nel cassetto
Ma la pulce dispettosa
Il cassetto rovesciò

Due micini, due micini innamorati
Vanno a fare, vanno a far la serenata
Alla bella addormentata
Che si è presa il raffreddor

*L'elefante con le ghette © 2018 Vveee Media Limited*

Finalmente! Alessia aveva imparato l'intera canzone a memoria. Soddisfatta di sé stessa, richiuse il suo libro di scuola e si accoccolò sulla sua poltrona. Il suo sguardo vagava per la stanza. Un po' di relax le avrebbe fatto bene. L'indomani, nell'ora di musica, avrebbe dovuto cantare la canzone *L'elefante con le ghette* da sola davanti a tutta la classe.

Il solo pensiero la rendeva nervosa. Tutti i suoi compagni di classe non avrebbero fatto altro che fissarla e il suo insegnante di musica avrebbe notato anche il più piccolo errore. E se improvvisamente avesse dimenticato le parole... sarebbe stato così imbarazzante!

La mamma di Alessia l'aveva aiutata a imparare la canzone a memoria. Alessia le aveva cantato più volte la canzone o si era esercitata da sola nella sua cameretta.

La maggior parte delle volte non faceva errori, ma a volte sbagliava alcune note o dimenticava le parole.
E ogni volta che accadeva Alessia si sentiva terribilmente a disagio.

La mamma la confortava ogni volta e diceva con tono incoraggiante:
«Oh, Alessia, non metterti così tanta pressione addosso. Tutti commettono errori. Niente e nessuno al mondo è perfetto».

Nel profondo, Alessia sapeva che sua mamma aveva ragione, naturalmente. Tuttavia, non voleva fare neanche un errore. Voleva solo fare tutto alla perfezione e l'indomani sarebbe stato il suo grande giorno.

Dopotutto, musica era una delle sue materie preferite e voleva prendere un 10 in pagella come l'anno precedente. Così si era esercitata ogni giorno per quindici giorni. Naturalmente, la mamma era orgogliosa che Alessia fosse così ambiziosa e che sapesse cantare davvero bene. Ma non le importava molto che prendesse 10, 8 o qualsiasi altro voto sulla pagella. La cosa più importante per lei era che Alessia fosse felice e che non rinunciasse al divertimento mentre cantava.

Si era già fatta sera e Alessia si sdraiò quindi nel suo letto in pigiama. Voleva andare a letto prima del solito per essere ben riposata l'indomani. Stringeva il suo libro di musica tra le mani. Rilesse il testo con attenzione per non dimenticare una sola riga.

Come ogni sera, la mamma entrò nella cameretta di Alessia per darle la buonanotte prima di andare a letto. Naturalmente sapeva che Alessia si sarebbe esibita il giorno dopo e che quindi sarebbe riuscita a malapena a dormire a causa della sua agitazione. Per questo si sedette per un momento sul letto accanto a lei.

Posò delicatamente la mano sulla spalla di Alessia e poi disse con un tono di voce dolce: «Non preoccuparti per domani. Ti sei preparata al meglio e sono sicura che andrà tutto bene».

Alessia sollevò lentamente la testa. Certamente si era preparata bene. Ma questo non servì a placare il suo nervosismo. In un primo momento Alessia pensò di tenere per sé la sua paura. Ma poi decise di

parlare apertamente con sua mamma di ciò
che la preoccupava. Alessia era convinta che
le avrebbe fatto bene parlare finalmente con
qualcuno delle sue preoccupazioni.
"Un dolore condiviso è un dolore dimezzato"
le diceva sempre la mamma.

Così Alessia decise di confidare i suoi
sentimenti a sua mamma.
«So di essere ben preparata. Ma ho ancora
paura di dimenticare le parole e che gli altri
bambini ridano di me»
disse Alessia con tristezza.

La mamma rispose immediatamente:
«Beh, non riesco a credere che qualcuno
possa ridere di te. Ti svelo un segreto: gli altri
bambini sono probabilmente nervosi quanto
te. Questo è abbastanza normale e non c'è
niente di male.

Anche noi adulti a volte affrontiamo
situazioni in cui ci sentiamo molto nervosi.
Ma ora dovresti davvero andare a dormire,
altrimenti non ti alzerai domattina!».
Poi la mamma diede ad Alessia un tenero
bacio sulla fronte. Dopodiché spense la luce
e lasciò la stanza.

Alessia si sentiva un po' meglio ora. Era
sollevata e felice di aver parlato con la
mamma. Poco dopo si addormentò.

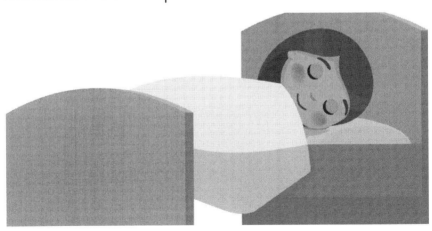

Il giorno seguente, Alessia preparò le sue cose per la scuola, fece un'abbondante colazione e si avviò verso la scuola. Aveva italiano alla prima ora. Solitamente seguiva sempre le lezioni con piena attenzione e il massimo interesse, perché ad Alessia piaceva andare a scuola.

Ma quel giorno Alessia faceva fatica a concentrarsi e a stare al suo posto. Era agitata e tesa perché presto avrebbe cantato davanti a tutta la classe. Non riusciva a pensare ad altro. Per fortuna, aveva musica nell'ora successiva e l'attesa sarebbe presto finita.

Dopo il suono della campanella della seconda ora, l'insegnante di Alessia, il signor Palma, si alzò e disse ai bambini:
«Come annunciato la settimana scorsa, oggi alcuni di voi canteranno la canzone *L'elefante*

*con le ghette.* Spero che tutti voi abbiate imparato le parole e che vi siate esercitati un po' a casa. Chi di voi vuole essere il primo a farsi avanti e a cantare la canzone?».

Immediatamente, l'intera classe diventò muta come un pesce. Così silenziosa che si sarebbe potuto sentire cadere uno spillo. La maggior parte delle bambine e dei bambini abbassò la testa o girò lo sguardo verso la finestra o verso il muro. Nessuno, ma proprio nessuno di loro voleva iniziare subito.
Dopo circa dieci secondi di silenzio, che ad Alessia erano sembrati dieci minuti, il signor Palma continuò:
«Va bene. Se nessuno di voi vuole offrirsi volontario, allora sceglierò io qualcuno. Non mi lasciate scelta!».
Dopo questa frase, si poteva percepire chiaramente la tensione nella classe.

Tutti i bambini divennero inquieti. Alessia
fissava il suo banco. Il suo cuore cominciò a
battere sempre più velocemente. Non voleva
essere la prima a cantare e diceva tra sé e sé:
*Ti prego, fa' che non sia io. Ti prego, fa' che
non sia io.*
Poi, però, il signor Palma disse:
«Alessia! Per favore, vieni avanti e canta
*L'elefante con le ghette* per noi!».

*Che sfiga! Perché proprio io?*, pensò Alessia
tra sé e sé, piuttosto infastidita. Poi, con le
ginocchia traballanti e le guance arrossate,
camminò dal suo posto fino a raggiungere la
lavagna. Gli altri bambini erano visibilmente
sollevati di non essere i primi. Ora tutti
guardavano Alessia con trepidazione.

Alessia si prese un momento per calmarsi.
Fece qualche respiro profondo. Poi cominciò

a cantare la canzone. Durante la prima strofa era ancora molto nervosa e si poteva sentire un leggero tremore nella sua voce. Ma, a poco a poco, la sua paura si riduceva sempre di più. Cantò le due strofe successive in modo quasi perfetto.

Ma poi accadde... Un blocco improvviso! Com'è che continuava? Alessia aveva dimenticato come iniziava l'ultima strofa. Aveva ripetuto il testo centinaia di volte e non aveva mai avuto problemi con l'ultimo verso. Oggi, tra tutti i giorni, proprio nel momento decisivo, davanti al suo insegnante e a tutti i suoi compagni di classe, si era bloccata.

Il cuore di Alessia batteva all'impazzata e lei alzò gli occhi in preda alla disperazione. Ora, naturalmente, tutti la guardavano con occhi spalancati. Ma nessuno rideva di lei o faceva

commenti stupidi. Proprio come le aveva
detto la mamma.

Il signor Palma si accorse, naturalmente, che
Alessia stava tentennando e che in realtà
aveva solo bisogno di un piccolo aiuto per
finire l'ultima strofa.

«Due micini...»
disse il signor Palma, sperando di rinfrescare la memoria di Alessia. Immediatamente, Alessia riuscì a ricordare di nuovo. A quel punto cantò anche l'ultima strofa dall'inizio alla fine senza errori.
«Hai cantato molto bene, Alessia! Grazie mille! Puoi tornare a sederti!»
disse il signor Palma con soddisfazione.

Lentamente, tutta la tensione calò e Alessia si sentì sollevata. Anche se non aveva cantato perfettamente e aveva persino dimenticato le parole, era comunque orgogliosa di sé stessa. Ora era il turno degli altri bambini e lei ascoltò attentamente.

Dopo la lezione, chiese al signor Palma che voto aveva preso. Un 8! Alessia sorrideva ed era proprio felice. Quanto si era agitata!

E ora finalmente ce l'aveva fatta e nessuno aveva riso, anche se per un momento aveva dimenticato il testo. Alessia aveva imparato che non era la fine del mondo se si commetteva un errore una volta ogni tanto.

Alessia era molto fiera di sé per non aver lasciato che la sua paura la scoraggiasse. La prossima volta sarebbe stato sicuramente più facile per lei stare in piedi davanti a tutta la classe. E chi lo sa? Forse un giorno avrebbe cantato davanti a un mucchio di gente e tenuto un concerto. Oh, è così bello sognare.

Alessia non vedeva l'ora di raccontare tutto a sua madre. Che giornata movimentata!

Ho fiducia in me stessa!

# Conclusione

Spero che le storie contenute in questo libro ti siano piaciute. Qual è stata la tua storia preferita? Quale storia hai trovato più entusiasmante? Da quale storia hai imparato di più?

Forse hai letto questo libro da sola, il che sarebbe fantastico! Ma anche se sono stati i tuoi genitori a leggerti le storie, non è affatto un problema. Sono certa che imparerai a leggere sempre più fluentemente e

rapidamente nei prossimi anni.
La pratica rende perfetti!

Speriamo che questo libro ti abbia mostrato
che non devi avere paura delle sfide nella tua
vita. Puoi fare quasi tutto se credi in te stessa.

Sei una bambina meravigliosa.
Non dimenticarlo mai!

Sono una
bambina
meravigliosa!

# Impronta

L'autore è rappresentato da: Wupi Dupi FZ-LLC
Academic Zone01-Business Center 5, RAKEZ Business Zone-FZ,
RAK, UAE
Anno di pubblicazione: 2022
Responsabile della stampa: Amazon
**Perché sei unica e puoi raggiungere qualsiasi obiettivo**
ISBN: 9798835869329
1a edizione 2022
© 2022 Viola Fanucci, Wupi Dupi FZ-LLC

Made in the USA
Monee, IL
03 June 2023